抬頭望向天空，你看見什麼？

CMS天文調查隊

3

風與雲的警號

●攝於2024年5月末，岑智明與其藝術創作《自然志》合照。（詳情請見本漫畫第86頁）

序言

前天文台台長　岑智明

很高興我們連續三年將《CMS天文調查隊》漫畫第一至三期帶給大家！在此再次衷心感謝漫畫團隊的努力——步葵、娜歌妮、智慧老人、STEM Sir和Lawrence，沒有你們就沒有《CMS天文調查隊》的精彩故事！

今期的主題是「風與雲的警號」。小時候，我會問：「風從哪裡來？」當時，家住香港島西營盤，每逢有颱風來臨，我會聽收音機的天氣報告，用格仔紙畫上颱風位置，希望參透一下是否會掛八號風球，不用上學。在大雨天，我會留意窗外的街道，看看有沒有山洪暴發。我曾見過山洪從對面的興漢道洶湧而下，冲毀薄扶林道的柏油路面，令交通中斷。當年沒有黃、紅、黑暴雨警告，我家裡也沒有水靴，學校亦不會因暴雨而停課，學生在大雨時都只能涉水上學，非常狼狽，回到學校大家都會把濕透的鞋襪脫下晾乾，繼續上課，場面好不尷尬。

今天社會進步了，大家都依賴天文台的天氣預警，計劃是否需要上班上學。大多數市民也未必關心風從哪裡來、雨在哪裡下、雲往哪裡飄。但是，隨著氣候變化越來越嚴重，極端天氣已經殺到埋身，變成常態。近年的超強颱風「天鴿」、「山竹」，和去年的「世紀黑雨」都向我們發出了警號，社會應該如何應對？我們應該如何自處？

希望大家可以從今期的故事找到一些啟發！

岑智明

2024年夏

即使多高的山，
多遠的海，
我們都要去。
CMS
天文調查隊
第一期〈天文台的神秘石柱〉
CMS
天文調查隊
白色冰極 2 黑色太陽
第二期〈白色冰極．黑色太陽〉
歡迎網購《CMS》
參加以上旅程

CONTENTS

故事

小百科

天文在學校

其他

1972年6月18日晚上8時53分
半山區　寶珊道
嘩啦——
嘩啦——
滴嗒——
唰——
嘩啦——
嘩啦——
唰——
潑吵——
唰——
隆——
旭龢大廈
隆——
隆——
隆

CMS
天文調查隊
UNDERSTANDING PHYSICS

第一回
風與雲的警號

1972年6月18日晚上8時54分　岑家
連日天雨之後，今天下午一時十分，觀塘發生了山泥傾瀉，埋沒山坡下的秀茂坪安置區……
曉光街與秀麗街交界的一段基堤崩塌，
瀉下的山泥埋沒大部份安置區木屋，部份木屋甚至被沖過翠屏道，推至觀塘新區。
哇…很嚴重啊，這兩天不停下雨，竟然會引致這樣嚴重的意外，我們真的預測不到的嗎……
岑智明（8歲）
……
…
用科學吧！科技可以預測很多大自然災難。

科學？
乖仔，要不要到美國讀MIT？
麻省理工學院，聽說有很多科學家都是從MIT畢業出來。※
※英語：Massachusetts Institute of Technology縮寫為MIT
我…可以嗎？
虎父無犬子，有什麼不可以！
對！我——
隆

什麼聲音？
不似是行雷？
也沒有雨，
很奇怪呢……
那一刻，我完全估不到，
在我家附近500米的地方，
因為連日暴雨而發生了
一場非常嚴重的災難！

寶珊道山泥傾瀉事件

這是我第一次感受到大自然的威力！

只是，連續下了三天大雨，
大雨下，寶珊道上面的山坡在大雨中滑動，摧毀了寶珊道路面和一座兩層高的洋房。
接著，干德道上的六層樓宇也被沖塌，形成泥石流，直衝旭龢大廈。
旭龢大廈迅速倒塌，同時撞毀山坡下的景翠園最高四層。
就造成67死20傷的災難。

從這時開始，我絕不敢忽略大自然，甚至對它心生敬畏……
或許，唯有讀懂……

從風雲發出的災難預告，才可以——

小百科 1

香港618雨災

大家有聽過1972年的「香港618雨災」嗎？這場雨災在當時引起了很大的轟動，一系列的災難造成了重大傷亡和財產損失。根據氣象報告，從6月16日到18日，三天內的總降雨量達到了652.3毫米，這是有記錄以來的第二高的三日累積降雨量。

上午 觀塘秀茂坪的山崩

九龍觀塘區秀茂坪翠屏道安置區是受災最嚴重的地區之一。這裡有許多簡陋的木屋，住著不少低收入家庭。由於連日大雨，山坡上的泥土變得鬆動。6月18日中午12時40分，山坡上的泥土開始滑動；到下午1時10分，曉光街與秀麗街交界的一段基堤崩塌，山泥像地氈一樣瀉下，埋沒了大部分安置區。更糟的是，一些木屋被沖過翠屏道，推到觀塘新區。這次災難造成71人死亡，60人受傷。

其實早在6月16日，安置區內靠近西北面的居民就發現，屋前堆滿了由一個地盤因豪雨沖刷下來的泥土，感到不安而報警。警方命令地盤確保泥土不再下瀉，但效果不大，山泥下瀉的情況到6月17日變得更嚴重。6月18日上午11時，因為低壓槽和強烈對流天氣的影響下，雨勢加劇，最終釀成了災難。

「六一八」雨災回憶

香港天文台的「氣象冷知識」第二百三十四集：「六一八」雨災回憶，講述1972年「六一八雨災」中的集體回憶，並有土力工程處提供的電腦動畫模擬當年的觀塘秀茂坪山崩和香港島寶珊道坍塌的過程，非常值得大家進一步了解。

YouTube影片「氣象冷知識」可觀看模擬影片。

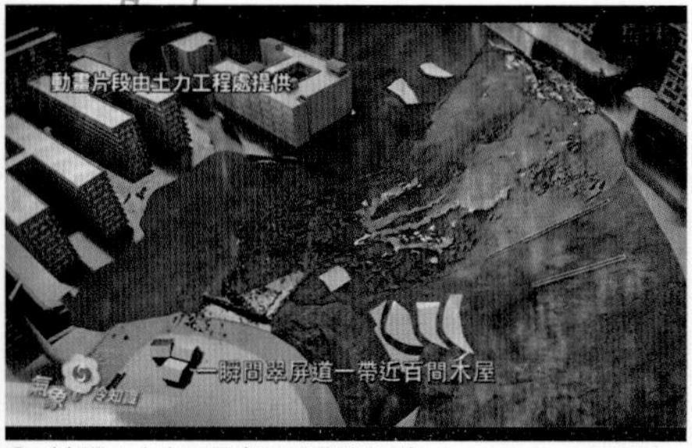
動畫片段由土力工程處提供
一瞬間翠屏道一帶近百間木屋
氣象冷知識

●（來源：土力工程處及香港天文台）

動畫片段由土力工程處提供
寶珊道的天然山坡崩塌
氣象冷知識

晚上 香港島寶珊道的坍塌

同日晚上8時55分，香港島半山區寶珊道也發生了山崩。一段受強烈風化的山坡在大雨下滑動，先沖毀了寶珊道一座兩層高的洋房，接著把干德道一座六層高的樓宇沖塌，形成泥石流，衝向旭龢道20號的12層高旭龢大廈。大廈倒塌，波及山坡下正在維修的景翠園，撞毀了最高的4層。旭龢大廈倒塌時，許多住戶來不及逃生，被埋在瓦礫中。這次意外共造成67人死亡，20人受傷。

想知道更多

CEDD
香港斜坡安全
「回顧歷史．居安思危：『六一八』山泥傾瀉事故50年」紀念活動讓公眾重溫歷史
03/06/2022 - 27/06/2022

●大家可以瀏覽土力工程處網站的「香港斜坡安全」內容。

比較與反思

1972年的618雨災和2023年9月的世紀暴雨，雖然相隔了50多年，但我們可以看到，極端天氣帶來的影響是多麼相似。兩次事件中，香港都面臨了嚴重的地質災害，導致了人員傷亡和財產損失。然而，現代的防災措施和技術比起過去有了很大的進步，去年的暴雨中，雖然市民的生活受到了影響，但因為基建、預警及應急反應的提升，以及去年的暴雨比較集中，整體的傷亡和損失相對較少。

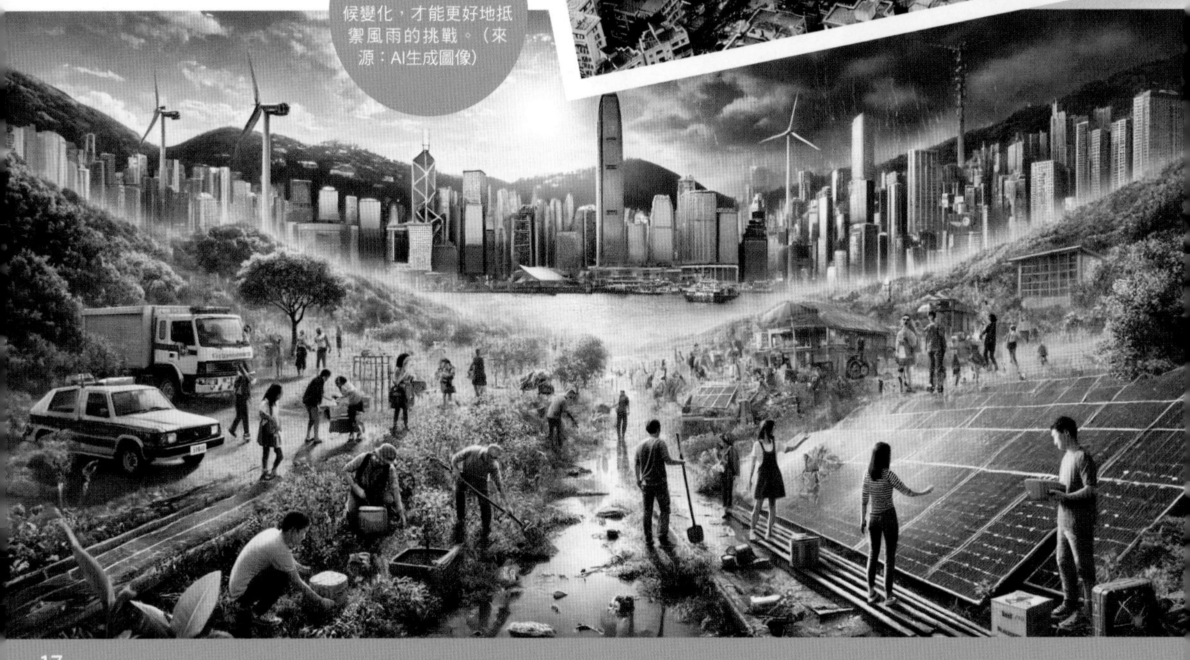

●汲取經驗，市民應該更加注重應對氣候變化，才能更好地抵禦風雨的挑戰。（來源：AI生成圖像）

可觀自然教育中心暨天文館

地址：荃灣荃錦公路一零一號

天文教育基地

位於荃灣市郊的可觀自然教育中心暨天文館，由嗇色園於1995年4月創辦，是其第十二間教育機構，主要目標之一是提倡天文教育。該中心旨在提高學生對宇宙天文、地理和自然生態的知識和興趣，從而理解人與自然的關係。多年來，數以萬計的學生和大眾在此窺探浩瀚宇宙，體驗學習天文的樂趣。

天文設備完備

可觀中心設備齊全，包括0.5米口徑專業級巨型望遠鏡的觀星樓、流動數碼立體星象館、小型射電望遠鏡和各種天文儀器，是舉辦天文活動和進行學生天文課程的理想地點。中心也有定期舉辦公眾免費觀星活動、天文科學講座、特別天文觀測和路邊天文活動，與大眾分享觀星樂趣。此外，中心的天文觀測數據在學術研究上也有所貢獻，如與中國科學院國家天文台、雲南天文台合作發表學術論文，參與全球光污染監察網和觀測特別天文現象。

●最新成立的「顯微成像科技學習中心」設有一台電子顯微鏡和多台可連接平板電腦的高階顯微鏡，供學生觀察生物樣本並進行資料和數據分析。

●可開關圓頂的「觀星樓」，內置0.5米口徑反射式天文望遠鏡，用於天文科學研究及教學。

●「數碼立體星象館」透過投射在球形帳幕的天文影像來進行天文教學。

1977年9月23日 晚上11時
……晚上十一時，熱帶風暴集結在北緯一九點一度，東經一一九點五度，即在本港東南偏東約三百五十海浬，向西北偏西移動……
唰—
第二回
雲動心動
嘩啦—
時速十四海浬，直趨南中國海北部……
東南偏東約三百五十海浬……
向西北偏西移動，時速……
哇，太好了！
唰—

那些日子，我時常拿風暴預測跟表哥打賭。當然，我是大贏家。
喂，表哥，
跟你打賭，明天早上會是八號風球不用上課！
岑智明（中三）
可惜，過了不久，晚空染血。
1978年3月
智明，你倒不如去行山，
多看綠色植物和風景，眼睛可能會快些康復。

龍虎山
啊！
是歌師奶！歌師奶呀！
拿—
要拍給「岑師奶」看！
散了？
呼—
為什麼雲總是變化不停？

因為風動，所以雲動。
兩者互相證明對方的存在。
哎呀，右眼又用力過度了……
大自然現象令人驚歎，為什麼我卻無法好好見證呢？
人在宇宙若是微塵，為什麼要我這樣的痛苦？
以後的人生又怎麼辦？會考、大學……
呵呵——
虎父無犬子，有什麼不可以！

當時，我想找出人生的答案，於是埋頭看哲學書籍，
希望哲學家的智慧，可以幫助自己走出困惑。
旗在動，那是因為風動。
不對！不對！是旗動。
不是風動，也不是旗動。
是你們的心在動。
為什麼是我們心動？
心不動，怎知是風動，怎知是旗動？若知是心動，就不會在意是風動、還是旗動，而我們的宇宙也變得何其廣闊。

1982年5月
哪來的奇怪漫畫？
明白了！
漫畫哲學入門
既然搞不清風動與心動有什麼關係，
我就進大學追求真理，
認真地從科學學習風為何會動。
只是……
現在需要解決最大的難題，
報讀哪間大學？
MIT
麻省理工學院
距離26000公里
HKU
香港大學
距離0.5公里
岑智明（中七）
命運，
應該由自己掌握才對。

1982年9月
我進入香港大學理學院，主修「物理」，副修「數學」。
為什麼我會選讀物理系？
就是因為程介明老師推介的這本好書啟發，
UNDERSTANDING PHYSICS ISAAC ASIMOV
它帶領我好好探索這個……
物理世界！
UNDERSTANDING PHYSICS ISAAC ASIMOV

這就是……
科學領域的真理？
UNDERSTANDING PHYSICS
ISAAC ASIMOV
不……

我是宇宙的一部分，
永恆無邊。

大學三年級
……
畢業後啊？
…
……
我想去……
智明，那你有什麼打算？
小時候，爸爸想我進MIT，嗯，所以……
以你的成績一定沒問題！
好啊！別讓世伯失望…
你們有聽過浴缸去水現象嗎？
我也要去……
如果在北半球是逆時鐘方向轉動，在南半球會是相反的方向轉動……
林超英
天文台高級科學主任
「大氣物理」講師
這種笑話，你們相信嗎？

……南北半球的大氣動力，卻是在這樣的情況下進行。
大氣動力學為大氣科學的核心，講述大氣運動基本定理和控制方程，介紹大氣波動及產生天氣現象的能量來源。
將大氣運動數學化後並針對不同的天氣現象採用不同的近似來簡化控制方程。
其實，想要學會更多，也不一定要去MIT吧…

1985年
吵—
吵—

小百科 2

颱風命名的趣聞

你有沒有想過，颱風是怎麼得到它們的名字的？每當颱風來臨時，我們聽到那些獨特的名字，比如「山竹」、「鳳凰」或者「玲玲」，其實這些名字不僅反映了自然現象，還蘊含著豐富的文化內涵。

（資料來源：AI生成圖像）

颱風名字的歷史

在2000年以前，西北太平洋及南海地區的熱帶氣旋命名是由美國聯合颱風警報中心負責的，這些名字大多是男性或女性的英文名字。比如，我們可能會聽到颱風「溫黛」或者「露絲」。然而，自2000年起，聯合國亞洲及太平洋經濟社會委員會（ESCAP）／世界氣象組織（WMO）的颱風委員會委任日本氣象廳來為熱帶氣旋命名，這些名字由區內十四個成員提供具地方特色名字的名單，共有140個名字，當中包括中國香港提供的10個名字。

●自2000年起，日本氣象廳負責為西北太平洋及南海地區的熱帶氣旋命名。（來源：網上日本）

気象庁
Japan Meteorological Agency

中國香港熱帶氣旋名稱

名字	意義
鳳凰	鳳凰山是香港的一個山名。
青馬	香港一條連接機場及市區的地標大橋。
珊珊	一個頗為普遍的少女暱稱。
白海豚	生活在香港水域的中華白海豚，亦是香港的吉祥物。
玲玲	一個頗為普遍的少女暱稱。
榕樹	華南地區常見的一種樹。
萬宜	萬宜原本是一個海峽的名稱，後來建成水庫。
鴛鴦	水鳥一種，常以雌雄相伴；亦是香港一款流行飲料的名稱，由茶與咖啡混合而成。
彩雲	色彩繽紛的雲層，香港一個屋邨的名稱。
獅子山	香港一座遠眺九龍半島的山峰名稱。

香港颱風名字的由來

熱帶風暴命名分成五組，每組28個，這些名字包括動物、植物、星象、人名、神話人物等等。有趣的是，香港天文台提供的名字主要分為四類：公共建設（如萬宜、彩雲、青馬）、少女暱稱（如珊珊、玲玲）、山名（如鳳凰、獅子山）和地區象徵（如白海豚、榕樹）。這些名字不僅代表著自然景觀和地區文化，還富有獨特的香港風情。例如，「珊珊」是為了紀念香港首位奧運金牌得主李麗珊。而用疊字（如珊珊、玲玲）的命名方式充滿了親切感。

香港天文台在2023年舉行「熱帶氣旋名字徵集活動」，讓更多具有香港特色的名字進入候補名單，並於2024年1月公佈結果，「奶茶」獲得最高票數。

●青馬大橋曾經是全球最長的行車及鐵路雙用吊橋。（圖片來源：香港旅遊發展局）

●李麗珊九六年阿特蘭大奧運為港摘金。（圖片來源：星島日報）

●茶餐廳奶茶不單受香港人歡迎，現在世界不少人都相當喜愛。（圖片來源：星島日報）

2023年「熱帶氣旋名字徵集活動」最高票數

名字	名字（英文）	票數
奶茶	Milktea	15,750
青馬	Tsing-ma	15,127
火龍	Fo-lung	14,810
點心	Dim-sum	14,354
麻雀	Sparrow	13,662

（資料來源：香港天文台網站）

只用一次的特別名字

通常，這140個熱帶氣旋名字是會循環使用的。但在某些特殊情況下，名字只會使用一次。颱風委員會根據慣例，將曾經造成嚴重破壞或人命傷亡的颱風名字永久除名。比如，香港人難忘的超強颱風「山竹」，這個由泰國提供的名字，就在2020年被永久除名。雖然如此，還需要提供新名字來替補。

熱帶氣旋的國際編號

每當一個熱帶氣旋得到名字時，日本氣象廳同時會給予一個四位數字的國際編號。例如，2018年9月襲港的「山竹」的編號是「1822」，其中18代表年份2018年，22代表這是當年被命名的第22個熱帶氣旋。

YouTube影片

颱風真的會有「菠蘿包」、「葡撻」？

香港天文台的「氣象冷知識」第一百八十七集：颱風菠蘿包，「颱風『菠蘿包』正迫近香港，請各位市民做好防風措施……」！原來「菠蘿包」真的差點成為熱帶氣旋的名字。前天文台台長岑智明先生及林超英先生粉墨登場，告訴大家熱帶氣旋名字的由來。

第三回
雲端的挑戰

1986年，我加入天文台，先後做過輻射監測、預測氣象、計算地震誤差、校對原子鐘、研究電腦預報颱風等等工作。
1992年
人面對大自然，總有很多不同層面的難題，要時刻接受挑戰。即使準備充足，也會有超出預期的時候。
或者，人生也是如此，終有一天，我們會面臨大挑戰！
岑智明（天文台科學主任）

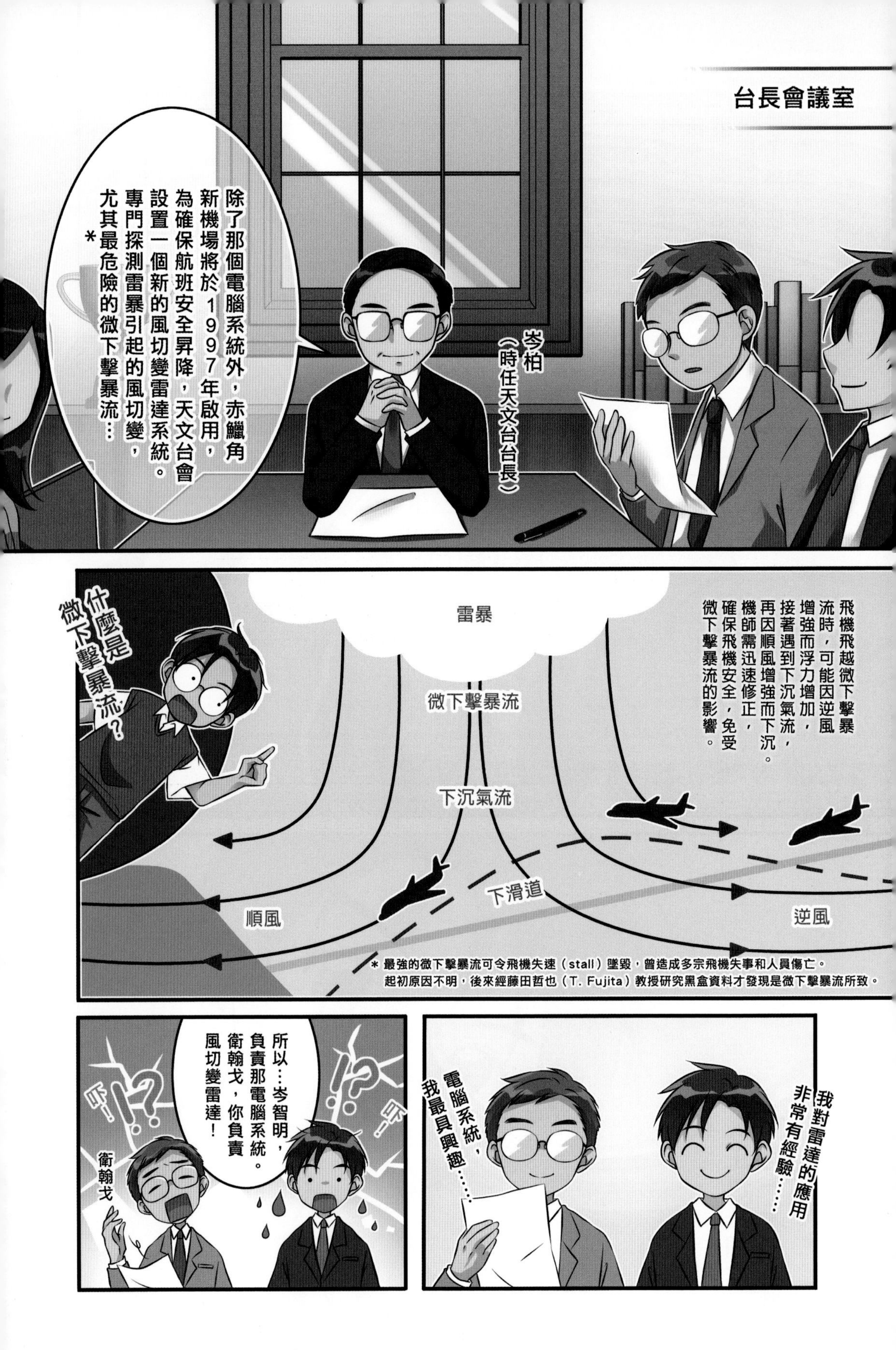
台長會議室
除了那個電腦系統外，赤鱲角新機場將於1997年啟用，為確保航班安全昇降，天文台會設置一個新的風切變雷達系統。專門探測雷暴引起的風切變，尤其最危險的*微下擊暴流⋯
岑柏（時任天文台台長）
什麼是微下擊暴流？
雷暴
微下擊暴流
下沉氣流
下滑道
順風
逆風
飛機飛越微下擊暴流時，可能因逆風增強而浮力增加，接著遇到下沉氣流，再因順風增強而下沉。機師需迅速修正，確保飛機安全，免受微下擊暴流的影響。
* 最強的微下擊暴流可令飛機失速（stall）墜毀，曾造成多宗飛機失事和人員傷亡。起初原因不明，後來經藤田哲也（T. Fujita）教授研究黑盒資料才發現是微下擊暴流所致。
所以⋯岑智明，負責那電腦系統。衛翰戈，你負責風切變雷達！
吓！
吓！
衛翰戈
電腦系統，我最具興趣⋯⋯
我對雷達的應用非常有經驗⋯⋯

那樣分配真的好嗎？還是……
命運，應該由自己掌握？
後來，
台長同意我們對調崗位。
1997年1月，位於屯門大欖涌水警基地旁邊的「機場多普勒天氣雷達」完成安裝測試並啟動運作。
感謝兩位幫忙，我們提早在新機場*開幕前完成任務了！
乾杯—

＊新機場原定1997年中啟用，由於公共運輸未準備就緒，延遲至1998年7月6日。

……新機場就在這個方向吧！在晴天的日子，雷達可以不受阻礙看到機場。
可是，我始終有點擔心……
晴天時空氣中水汽較少，這情況下由大嶼山地形引起的風切變，以我們現時的雷達是很難準確偵測到的！
果然，那個用來預警由大嶼山地形引起的風切變的「風切變及湍流預警系統」運作得不太順利。在晴空時漏報風切變的情況嚴重（50%的風切變報告都預警不到，其中90%的漏報都發生在晴空時）。

2000年1月10日
為保障人命安全，我們必需提升該系統。因此，台長委派我到美國維珍尼亞州的NASA考察當時最先進的「激光雷達」。
希望「激光雷達」在複雜的環境下，利用多普勒原理探測懸浮粒子的移動和風速信息。
NASA
GLEY RESEARCH CE
只是，既然這裡是NASA⋯
那麼，會不會有——
發光—
發光—
發光—
發光—
閃閃—
唰—
唰—
砰——

想不到，它的真面目，竟然是——
咔唰—
不是的…林台長，
那是一個探測生化武器的雷達！而且，只有硬件，不附探測風切變的軟件。
台長會議室
就像是購買了遊戲機，沒有遊戲卡帶……
這有什麼關係。
林鴻鋆博士（時任天文台台長）
目前全球尚未有機場使用激光技術預測風切變。我們可能會成為世界第一個使用這項技術的預警系統。

世界第一？
是啊，成事的話！以此為目標你應該不會推辭吧！
風起，雲動，
也許這次做對了……
呼—
呼—
只要你真心想做一件事，全宇宙都會來幫你。
……真的嗎？
颯—
颯—

「激光雷達」是什麼？
激光雷達透過發射紅外線光脈衝及接收來自空氣中氣溶膠的後向散射，來量度多普勒逕向風速。
而我們的激光雷達風切變預警系統則利用激光束掃瞄飛機的下降和上升航道，以量度飛機即將遇到的風力變化。
激光束
航機的滑道

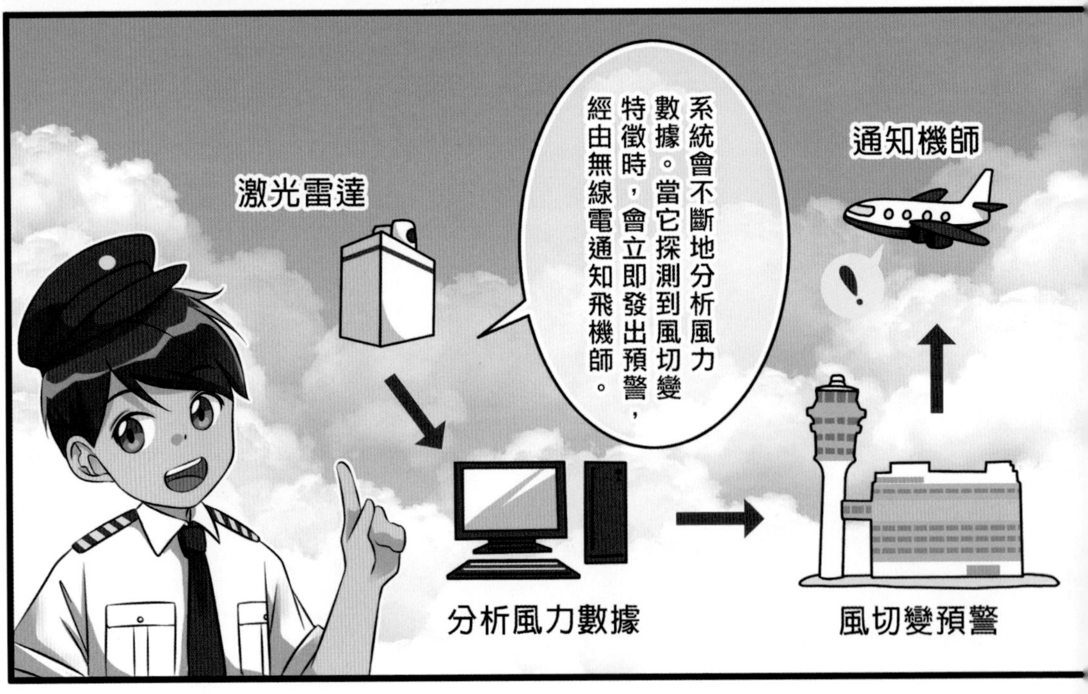
系統會不斷地分析風力數據。當它探測到風切變特徵時，會立即發出預警，經由無線電通知飛機師。
通知機師
激光雷達
分析風力數據
風切變預警

但是……
哇
發生了什麼事？
大件事了！
嘭！
剛才在由民航處領導的風切變及湍流預警系統會議上……負責飛行安全的 Mike Davis 機長說…
現在那個預警系統實在很差勁，請你們關掉它吧！
怎麼會這樣說！
那個機長會這樣說，全因這個系統是為保障人命安全而設。這比一切都重要！因此，我們這個激光雷達項目務必要準確無誤……
道理我都懂，但這口氣我吞不下！
氣死我了！

大嶼山
總之，我們一定要成功！
…不是一口氣的問題！

有一位前天文台台長說過：
『若要準確預測機場上的風切變，就相當於要準確預測每一朵雲的移動和變化。』
要預測，則先要證明它的存在。
颯—
颯—

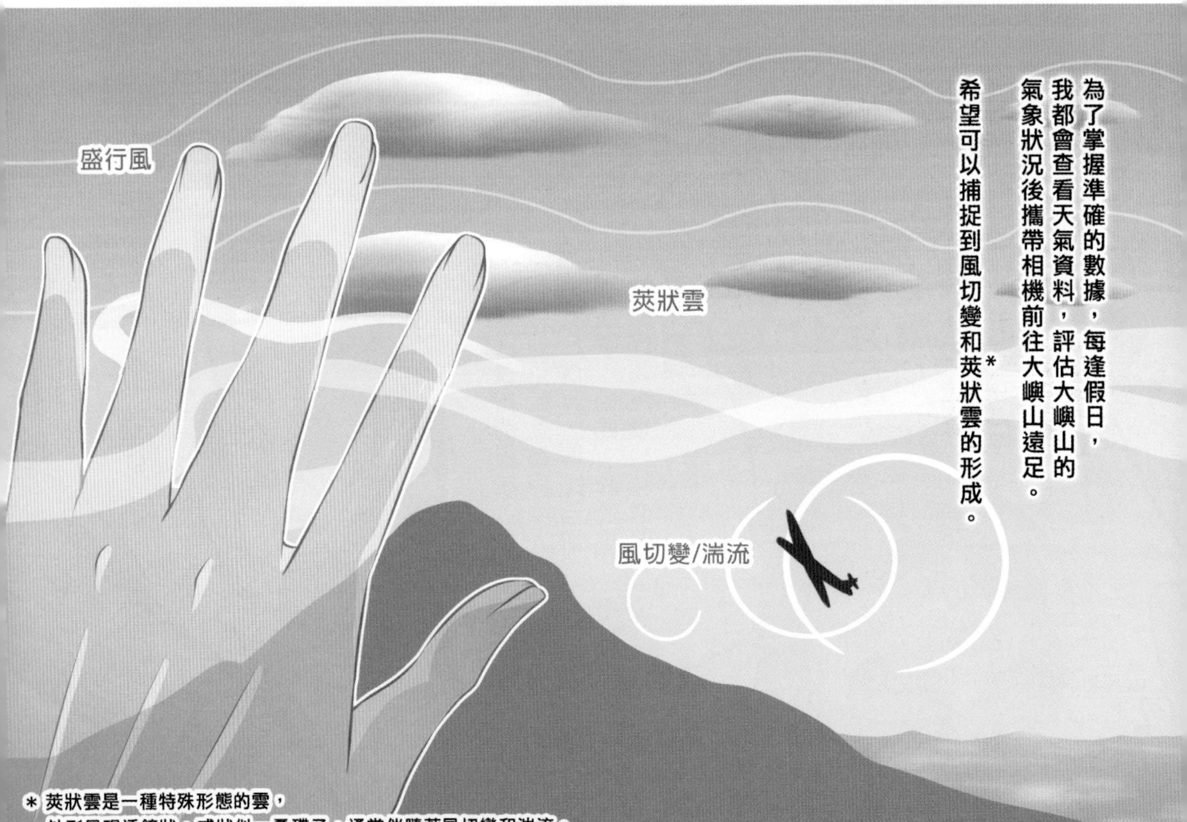
為了掌握準確的數據，每逢假日，我都會查看天氣資料，評估大嶼山的氣象狀況後攜帶相機前往大嶼山遠足。
希望可以捕捉到風切變和莢狀雲*的形成。
盛行風
莢狀雲
風切變/湍流

* 莢狀雲是一種特殊形態的雲，
外形呈現透鏡狀，或狀似一疊碟子，通常伴隨著風切變和湍流。

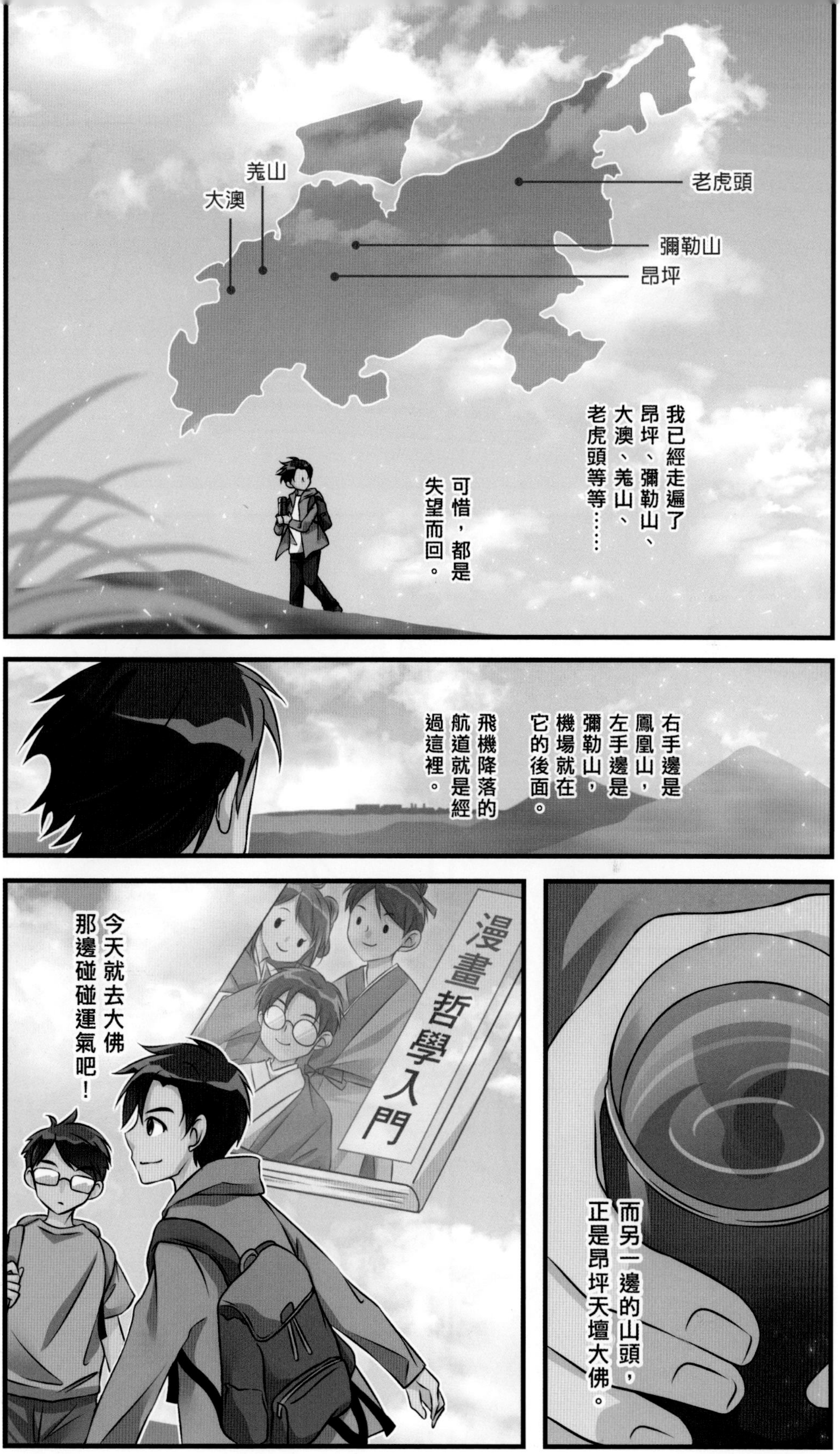
羗山
大澳
老虎頭
彌勒山
昂坪
我已經走遍了昂坪、彌勒山、大澳、羗山、老虎頭等等……
可惜，都是失望而回。
右手邊是鳳凰山，左手邊是彌勒山，機場就在它的後面。
飛機降落的航道就是經過這裡。
而另一邊的山頭，正是昂坪天壇大佛。
漫畫哲學入門
今天就去大佛那邊碰碰運氣吧！

左閃
右避
喔！
喔！
不，不如我先避一下⋯
小心啊！
你先行？
等等！你不要動！
你的背包背單肩，非常危險，非常容易⋯
拉—
容易什麼？
究竟我有什麼不妥？

失平衡！
滾動—
滾動—
你還好吧？
哎呀——為什麼會這樣的？
就說了，背單肩會容易失平衡，而且你的肩帶過鬆，背囊會成為重點，因為槓桿原理，把你整個人拉向後。
元凶
好，謝謝！
下次要留意啦！
吽！
吽！
吽！

吽翻譯：新來的！

吽！
吽！
吽！
背好
兩肩
吽！
擺動—
吽！
吽！
擺動—
吽翻譯：我們來交個朋友！
擺動—
擺動—
哇！
擺動—
颯—
颯—
呼—
風在動！
風…起了…？

拋—
不理了！重要時刻！一定要錄下來證明「它」的存在！
就由我來引開這些牛，朋友你繼續拍吧！
吽！
吽！
吽！
吽！
雖然聽不懂你說什麼……
是普通的積雲？
還是罕見的飛碟雲？
快出來啊……

5分鐘後
來了！
是它…！
誰？
莢狀雲（俗稱「飛碟雲」）的形狀像一塊或多塊凸透鏡，輪廓清晰，偶爾會有虹彩出現。
吽！
吽！
吽！
吽！
吽！
吽！
吽！

吽翻譯：哼，少見多怪！

既然能產生飛碟雲，就可以證明這裡存在風切變！
就算是晴天！
原來，天文都可以好STEM！
當然囉！
今年開始我當上了教師。
我相信到處都有STEM知識，所以希望寫一本叫《STEM在大嶼》的書，鼓勵同學們跳出課室，像岑先生你親身觀察，驗證成功。
收起—
《STEM在大嶼》，聽起來真有趣，我也可以分享一下天文的有趣知識呢！
吽！
吽翻譯：做朋友！做朋友！

在天壇大佛的氛圍下，果然參透出道理來！
轉動—
轉動—
轉動—
倚雲，你又在搞什麼鬼？
媽媽，我正在為那架UFO打氣呀！
希望它快點回來地球！
…哪有什麼UFO…時間已經不早了，我們快走吧！
轉身
那片「飛碟雲」會不會真的是UFO？
要報告給天文台嗎？

2005年，我和團隊建立了世界第一個激光雷達風切變預警系統。
2010年1月19日，激光雷達風切變預警系統在香港資訊及通訊科技獎中贏取最高獎項。
李本瀅博士（時任天文台台長）
果然，只要你真心想做一件事，全宇宙都會來幫你。

小百科 3

雷暴引起的湍流

乘搭飛機時突然遇到上下晃動，這可能就是湍流在作怪。湍流就像空中的波浪，會讓飛機上下顛簸。其中有一種特別的湍流——雷暴引起的湍流，今天我們來講一個真實的航空事故故事，讓大家更了解這個現象。

（資料來源：AI生成圖像）

什麼是雷暴引起的湍流？

雷暴引起的湍流（convectively induced turbulence，簡稱CIT）是由雷暴或強對流活動造成的。當熱空氣迅速上升，形成巨大的對流雲團時，會產生強烈的上下氣流。當飛行中的飛機通過這些氣流，就像空中的過山車，對飛行安全影響很大。特別是在熱帶地區和季風區，這種湍流發生的機率更高。

新航SQ321事故

2024年5月21日，新加坡航空SQ321航班在緬甸上空遇到了強烈對流引起的湍流。不幸的是，這次湍流造成了一人死亡，30人受傷。根據初步調查報告，飛機當時正飛越一個正在發展的對流雲團。飛機在湍流發生時遇到-1.5G的垂直加速度，這就像飛機突然間被壓向地面，沒有綁緊安全帶的乘客和機組人員因此被拋到機頂，造成嚴重傷害；飛機亦曾在短時間內被一股上升氣流抬升了接近400尺，像坐過山車一樣，整個過程非常驚險。

●2024年5月21日07:50 UTC的衛星圖像疊加上SQ321的飛行路綫（黃色虛綫）及當時位置（黃色圈）；深紫色代表成熟對流，淺紫色代表過衝雲頂，啡色代表正在觸發的對流。（來源：香港天文台及日本氣象廳）

● 對流引起的湍流示意圖（圖片修改自香港天文台）

湍流與氣候變化

隨著全球變暖加劇，湍流事件的次數和強度都在增加。研究發現，氣候變化導致大氣層溫度的改變，使高空急流變得更強，增加了晴空湍流的發生機率。此外，全球變暖會增加大氣中的水汽含量，進一步促使雷暴和對流活動增多，從而增加CIT發生的風險。

未來展望

為了應對日益嚴重的湍流問題，航空界需要採取多種措施。例如，加強飛行員對湍流的預警和應對培訓，改進機上天氣雷達系統以探測對流引起的湍流，並推廣應用激光雷達技術來預測晴空湍流。岑智明隊長和天文台團隊在2000年代已經為香港國際機場成功研發出激光雷達風切變預警系統，相信在飛機上應用類似技術，可以確保飛行的安全性和穩定性。

●2013年德國航空太空中心（DLR）研發的激光雷達在科研飛機上進行探測晴空湍流測試。（來源：Vrancken et al, 2016）

補充小知識

氣溶膠（Aerosol）

氣溶膠是由固體或液體微粒懸浮在氣體中的膠體分散體。這些微粒可以是灰塵、煙霧、霧氣、霧霾、花粉、細菌等，它們影響空氣品質、氣候變化和人類健康。

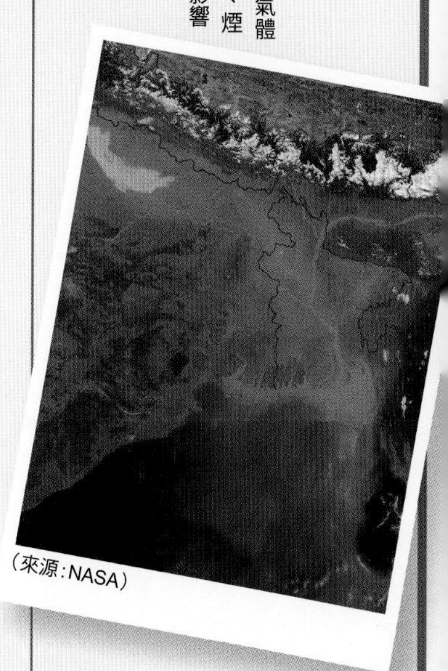

（來源：NASA）

多普勒逕向風速（Doppler Radar Wind Speed）

多普勒逕向風速利用多普勒效應，測量風沿雷達波束方向的速度。當風向雷達移動時，雷達波的頻率增加；當風遠離雷達時，頻率減少。這種測量方法能精確地監測風速變化，常用於氣象預報和航空安全。

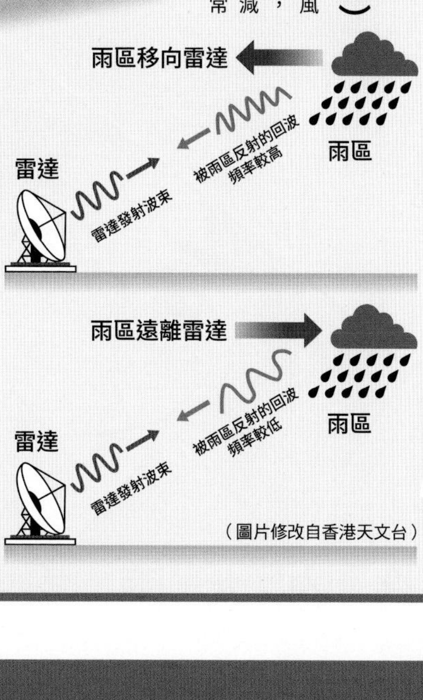
雨區移向雷達
雷達
雷達發射波束
被雨區反射的回波頻率較高
雨區
雨區遠離雷達
雷達
雷達發射波束
被雨區反射的回波頻率較低
雨區

（圖片修改自香港天文台）

（版權：CC-BY-SA-4.0）

莢狀雲（Lenticular cloud）的形成

在某些氣象情況下，當風吹過山嶺，溫度變化使空氣中的水分凝結，可能形成莢狀雲。這是因為較穩定及潮濕的空氣遇到山脈被迫抬升，形成上下起伏的波浪。在波浪中上升的氣流使潮濕的空氣變冷，凝結成水點。

第四回
五百年一遇的大雨

2023年9月7日 下午9時 旺角
在9月5日，颱風「海葵」輕輕掠過香港，威脅性不大，其後，海葵集結在香港之東北約400公里並減弱為低壓區。
隆—
嘩啦—
嘩啦—
嘩啦—
估不到9月7日入夜後香港天氣急劇轉壞，「海葵」帶來的災難才是真正的開始……
今晚CMS聚餐，除了慶祝STEM Sir的《STEM在大嶼》出版外，還討論CMS下次調查的地點。
喔…雨勢比想像中大呢！

糟了！
現時整個香港都受到與海葵相關的殘餘雨帶影響，大雨正集中在新界北，之後——
怎麼…有點怪怪的，這…
嘩啦—
嘩啦—
嘩啦—
恐怕是「菠蘿快車」！
夏威夷的菠蘿快車？！
PINEAPPLE EXPRESS

「菠蘿快車」，指的是由……
夏威夷群島東北部水域及其範圍內……
強大而持續的溫暖潮濕氣流以及相關的強降水引起的…大氣河現象。
水蒸氣從東北部輸送到北美太平洋沿岸。由於夏威夷盛產菠蘿，加上水蒸氣一重重地輸送，就像一卡卡的火車那樣。
我知道了，現在聚集在香港和廣東省一帶的雨帶，與「菠蘿快車」非常近似。
此時此刻的風雲雨，正告訴我們一些話，各位CMS隊員你們都聽得懂嗎？
滴—
即將來襲的暴雨，可能會帶來危險吧！
隆—

雖然有點難以置信，
不過我信任你們CMS。
所以！
CMS天文調查隊的
下一個行動，就是
在暴雨來臨之前，
用最快速度回家！
YES!!!
隊長！
我去取車
送你們！
以現時的雨勢來
看，馬路可能會
積滿雨水，不宜
駕車離開，暫時
用鐵路比較安全。
HELP!
呃！
還是讓它
留在二樓
停車場吧！
總之，預祝
大家安全返家！

黃大仙地鐵站
往調景嶺 1 →
to Tiu Keng Leng
晚上9時25分，天文台發出黃色暴雨警告信號。
哇！
哇！
哇！
黃雨？
糟了！
外面的雨太大了，好可怕！
好可怕！
小星！已經黃雨了，快要紅雨！妳還在外面嗎？
滴—
紅雨？
嘩啦—
滴—
哪個蠢貨…在我跟大自然搏鬥時打過來呀！
哇！
嘩啦—
嘩啦—
震震—
晚上9時50分，天文台發出紅色暴雨警告信號。

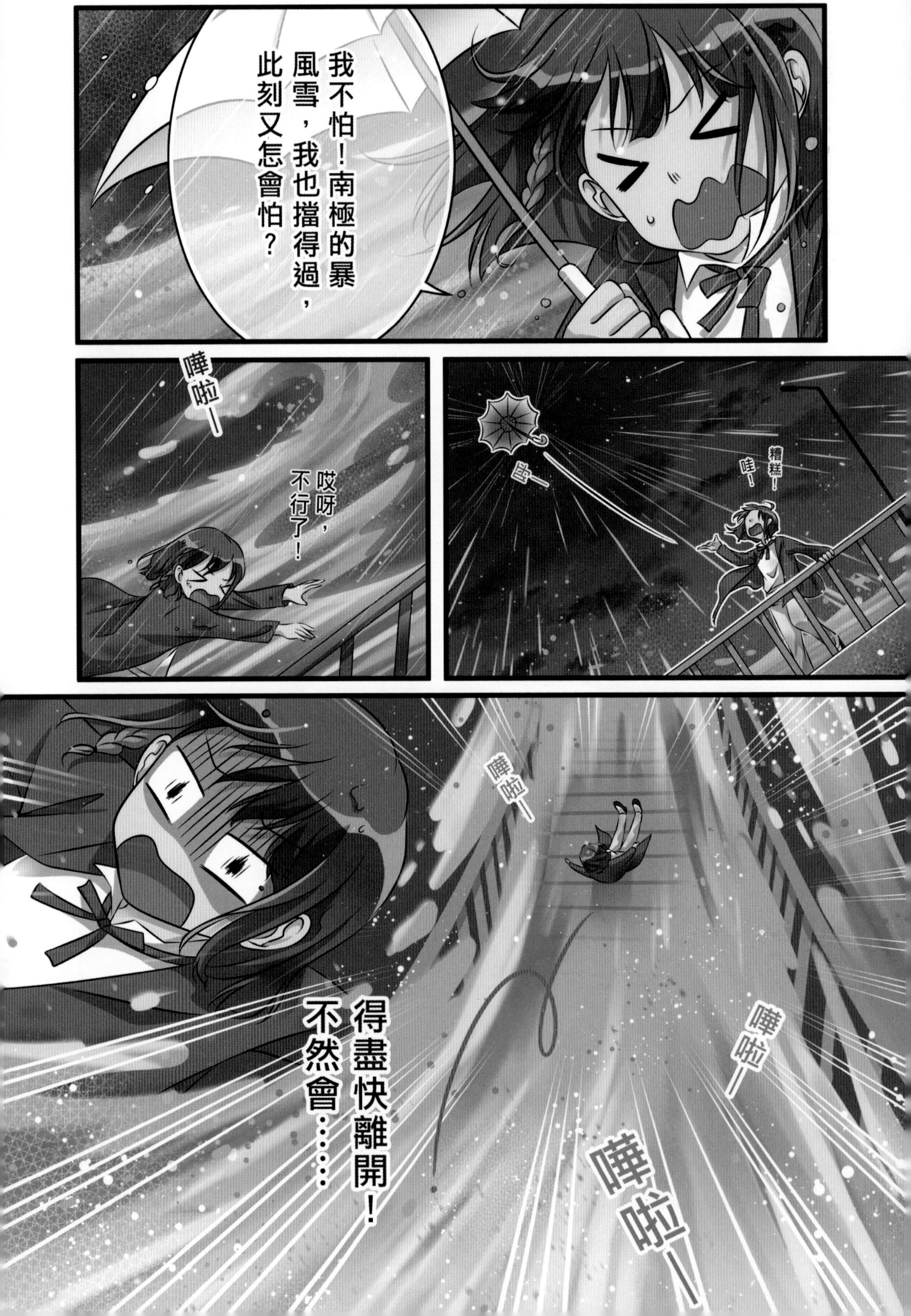
我不怕！南極的暴風雪，我也擋得過，此刻又怎會怕？
咻—
糟糕！
哇！
嘩啦—
哎呀，不行了！
嘩啦—
嘩啦—
嘩啦—
得盡快離開！
不然會……

♫被水沖去……♪

將軍澳海濱
即使人類已經學會利用科技，讀懂風雲的啟示，

但大自然的威力，也愈來愈難以預測！
晚上11時05分，天文台發出黑色暴雨警告信號，各區雨勢亦顯著增強。

氣候變化的衝擊，影響全世界，香港作為地球的一分子，當然沒法獨善其身。
每年的最高雨量遞升。只三個小時，全香港各處都出現了災情，即使是國際大都會，也是不堪一擊……
風雲雨正借此機會告戒人類，這絕對不是偶然發生的天災，而是人類妄顧大自然所帶來的影響。

面對未來的挑戰，我們不得不考慮從各方面作出準備，
更積極減碳、邁向碳中和。應對未來氣候變化的衝擊。
否則，就等著滅亡的到來吧！

隆—
不過！
在黑暗的盡處，還是存在光明的。
全地球人類要合力改善環境，
這不是一代人可以改變的狀況，
…晚上11時至午夜12時之間錄得雨量158.1毫米…

而是要世代傳承。
乖女，還未睡覺嗎？
跟你打賭，明天一定不用上學！
妳有什麼理據呢？
剛才天文台公佈的雨量，已打破了2008年6月7日所錄得的145.5毫米的一小時最高雨量。
STEM ANYWHERE
爸爸，你應該不會忍心我明天冒狂風暴雨上學吧！

呵！就跟妳打賭。迪士尼樂園全日任玩任食，誰輸誰請！
轉轉—

有官員形容前一晚的暴雨，為——「五百年一遇」的大雨。
2023年9月8日
香港竟然有500年前的降雨紀錄？
500年前的1523年，這次是明朝嘉靖二年至今最大雨？
不知天上宮闕，今夕是何年
事後，政府解釋：「僅代表出現機率低，不代表實際上要等五百年才重遇」。
人生有幾個500年...

2023年9月20日
聯合國秘書長古特雷斯在「氣候雄心峰會」上警告，「氣候變化導致的高溫，正對全球產生可怕的影響」；
「農民的莊稼被洪水摧毀」、
「全球出現破紀錄的高溫和歷史性的野火，疾病因酷熱滋生。」
「人類已經開啟了地獄之門！」
Humanity has opened the gates to hell.

〈CMS天文調查隊・現實世界篇・完〉

（資料來源：AI生成圖像）

小百科 4

極端天氣：香港及杜拜

近年來，極端天氣事件頻發，這些現象引發了全球關注。2023年9月7日，香港經歷了世紀暴雨，而在2024年4月15-16日，杜拜也遭遇了史上最大暴雨。這兩次事件提醒我們，氣候變化正對地球造成深遠影響，並促使我們反思如何應對這些極端天氣。

香港世紀暴雨

在2023年9月7日，香港經歷了一場世紀大暴雨。這場暴雨在短短一小時內，降雨量達到了158.1毫米，打破了以往的紀錄，24小時的累積雨量也高達638.5毫米，相當於平時三個多月的降雨量。這次暴雨導致交通癱瘓，地鐵站被淹，街道也變成了河流，市民的生活受到了嚴重影響。

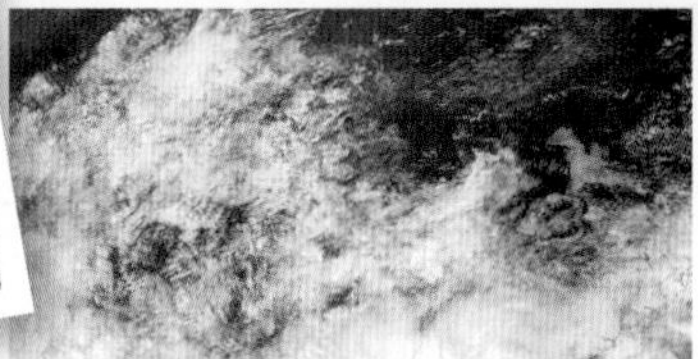

●9月8日，颱風海葵的殘餘環流，正在影響珠江三角洲。（來源：NASA）

●這次「五百年一遇」事件也暴露了現有基礎設施在面對極端天氣時的脆弱性，促使政府進一步加強防災設施的建設。（來源：星島日報）

杜拜史上最大暴雨

杜拜位於阿拉伯半島，屬於沙漠氣候區域，年降雨量極低，通常只有幾十毫米。然而，2024年4月15-16日，杜拜也經歷了一場歷史上最大的暴雨。一天內下了近150毫米的雨，超過一年的雨量，這對於一個沙漠城市來說是極為罕見的。這次暴雨引發了大範圍的洪水，許多道路和建築物被淹沒，機場出現混亂、數以百計的航班被取消，城市的供水和電力系統也受到了嚴重影響。

●在這段翻拍自AFPTV的截圖中，在2024年4月16日，杜拜迎來歷史上最大暴雨，不單馬路變成河流，連機場跑道也變成像湖泊之中。

極端氣候更難預測

為什麼會有這麼大的暴雨呢？全球變暖增加了大氣中的水汽含量，讓暴雨更強、更頻繁。此外，海洋溫度的升高也讓颱風和季風更加劇烈，帶來更多降雨。因此，極端氣候變得更加難以預測，科學家們指出，全球變暖導致極端天氣不再局限於特定的氣候區域，沙漠城市也開始遭受前所未有的氣象災害。

●全球變暖導致極端天氣，沙漠城市遭受前所未有的氣象災害，這絕對不是科幻小說出現的情節。（來源：AI生成圖像）

我們可以做什麼？

面對這些極端天氣，我們需要採取一些措施來減緩地球變暖的速度。首先，我們應該增加環保意識，減少使用會排放溫室氣體的東西，比如多使用公共交通工具和再生能源。其次，我們需要學習應急準備，學會如何在極端天氣來臨時保護自己。另外，如果我們知道遇上暴雨災害，在困難時刻，大家應該互相幫助，安全避險。

●當未來不幸遇上暴雨災害，在困難時刻，大家應該互相幫助，安全避險。

究竟甚麼是宇宙射線（Cosmic ray）？

「宇宙射線」是從外太空來的高速粒子，它們不是一般的輻射，而是比輻射更強的東西。雖然如此，但它們很難被發現。

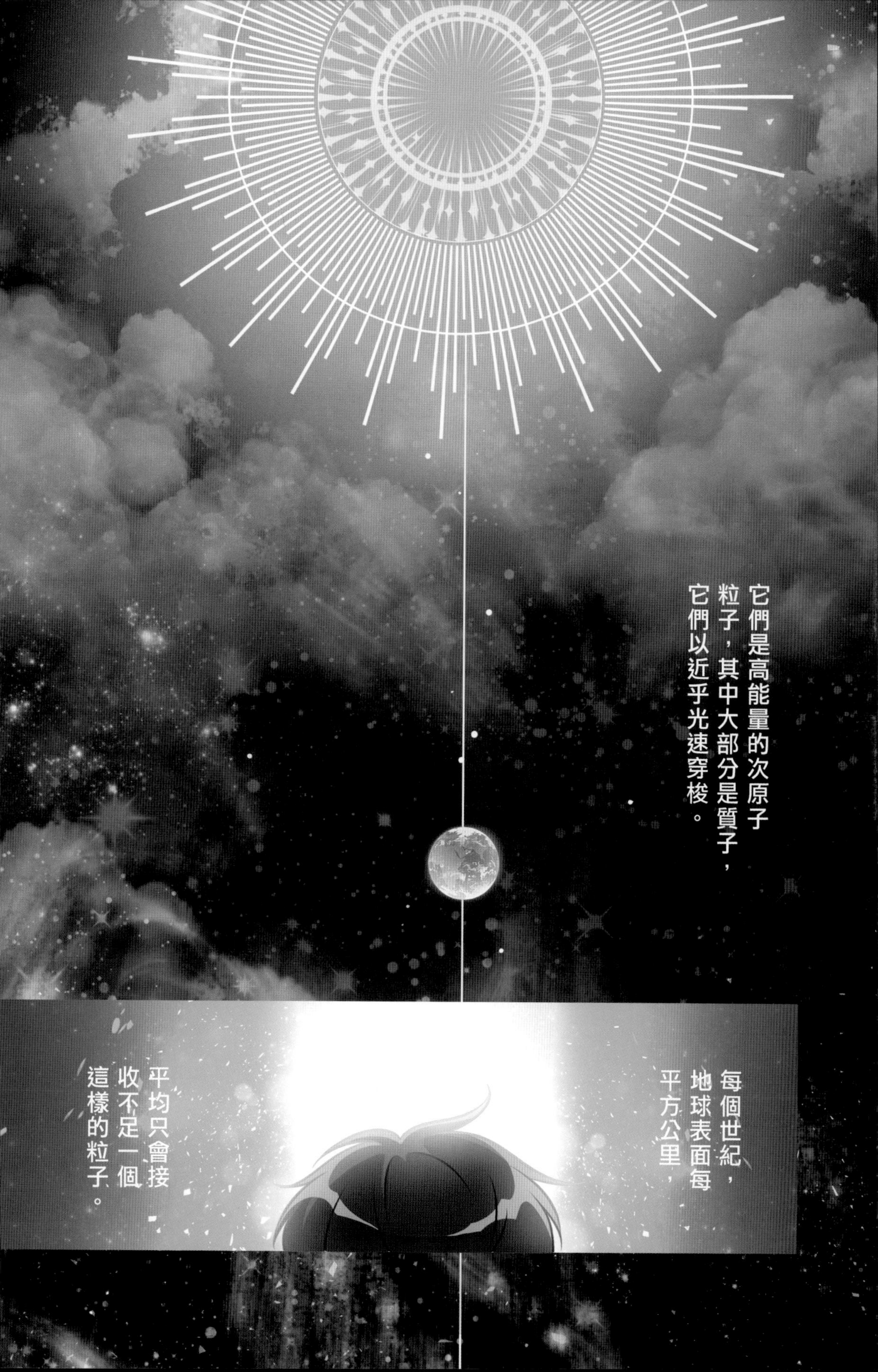
它們是高能量的次原子粒子，其中大部分是質子，它們以近乎光速穿梭。
每個世紀，地球表面每平方公里，
平均只會接收不足一個這樣的粒子。

嗖—
天照粒子
（英語：Amaterasu particle）
以日本神話中的神祇天照大神命名，
是一種超高能宇宙射線，於2021年
被探測到，隨後在2023年被大阪
公立大學等國際研究團隊利用美國
猶他州的望遠鏡陣列項目天文台確認。
CMS
天文調查隊
幻想世界篇

嗚嗚嗚……誰來救我們！
我們已經穿越了數不清的次數，但還是找不到逃生口，我們要怎麼辦？
也許我們應該仔細觀察，找出這裡的規律。
或許，有一些微弱的線索我們一直忽略了……
又或者，我們試著集中力量，彼此合作，可以觸發某種共鳴，找到逃生口。

出現了！我們又要出發了嗎？
你猜那個傢伙到達了終點了嗎？
應該沒有！
如果他比我們早到達了，定會在那裡等我們的。
我絕對相信！
不・可・以！
正就因為他是暗黑生命體，所以他要向我們這些「高等生物」示威。
吼！
我是雲城一族的王子，怎麼可能會輸給那低等的黑色傢伙！

怒氣沖沖
鬧夠了沒！喵！
小星，冷靜點！
你們可有想過回到起點呢？
呀……
回到起點，
終於，還是被妳發現了……
也許有機會回到開關鍵未被破壞的時候。
小天，原來你一直都知道離開這裡的方法！為什麼要害我和小雲跟你四處跑？
喵！
拉—
聽過我的解——
拉—

糟糕！
咕—
我們可能觸發了白洞的不穩定，必須趕快離開，否則不知它何時再出現！
鬧太大了！
總之，
相信我！離開的方法並不是只有一個。
何況，前面有著無限的未知空間正等待我們。
難道你們都不想經歷一次嗎？
也許待我們長大了，
就會失去像現在的期待和驚喜。

要出發就趕快吧！別被人知道CMS被困黑洞這糗事！
小天，對不起，是我誤會了你。

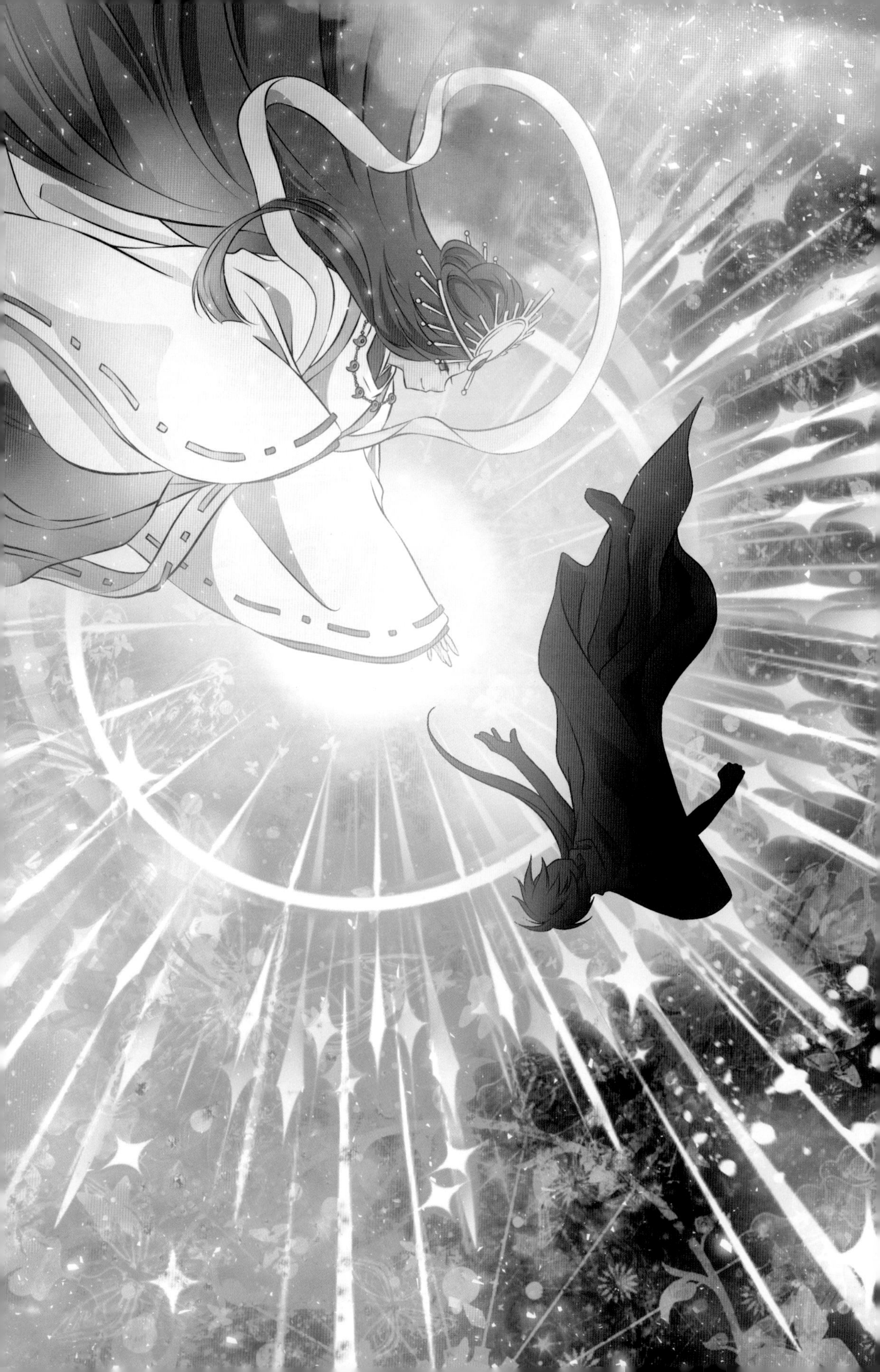

哈哈！
哇！
哈哈！
哇！
哈哈！
哈哈！
哇！
哈哈！
爸爸，雲雲！
哇！
你看！那邊有「大雲雲」哩！
那邊的是什麼？
呼—
呼—
雲？
要下雨嗎？
呼—
掉下—
呼—
隆—

耶！
終於……
怎麼又掉了？
我們回來了？
要下雨嗎？
雲？
那邊的是什麼？

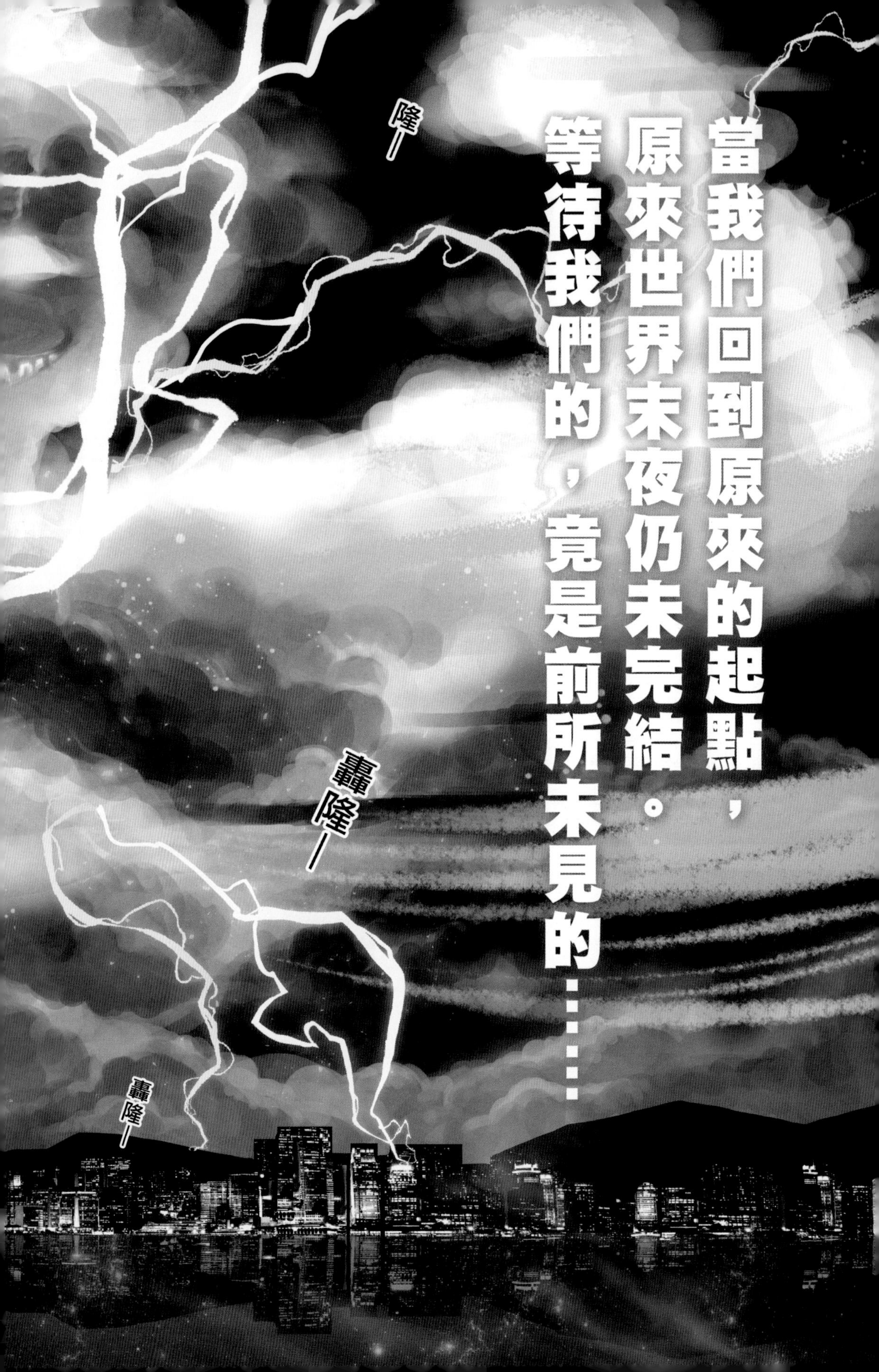
當我們回到原來的起點，
原來世界末夜仍未完結。
等待我們的，竟是前所未見的……
隆—
轟隆—
轟隆—

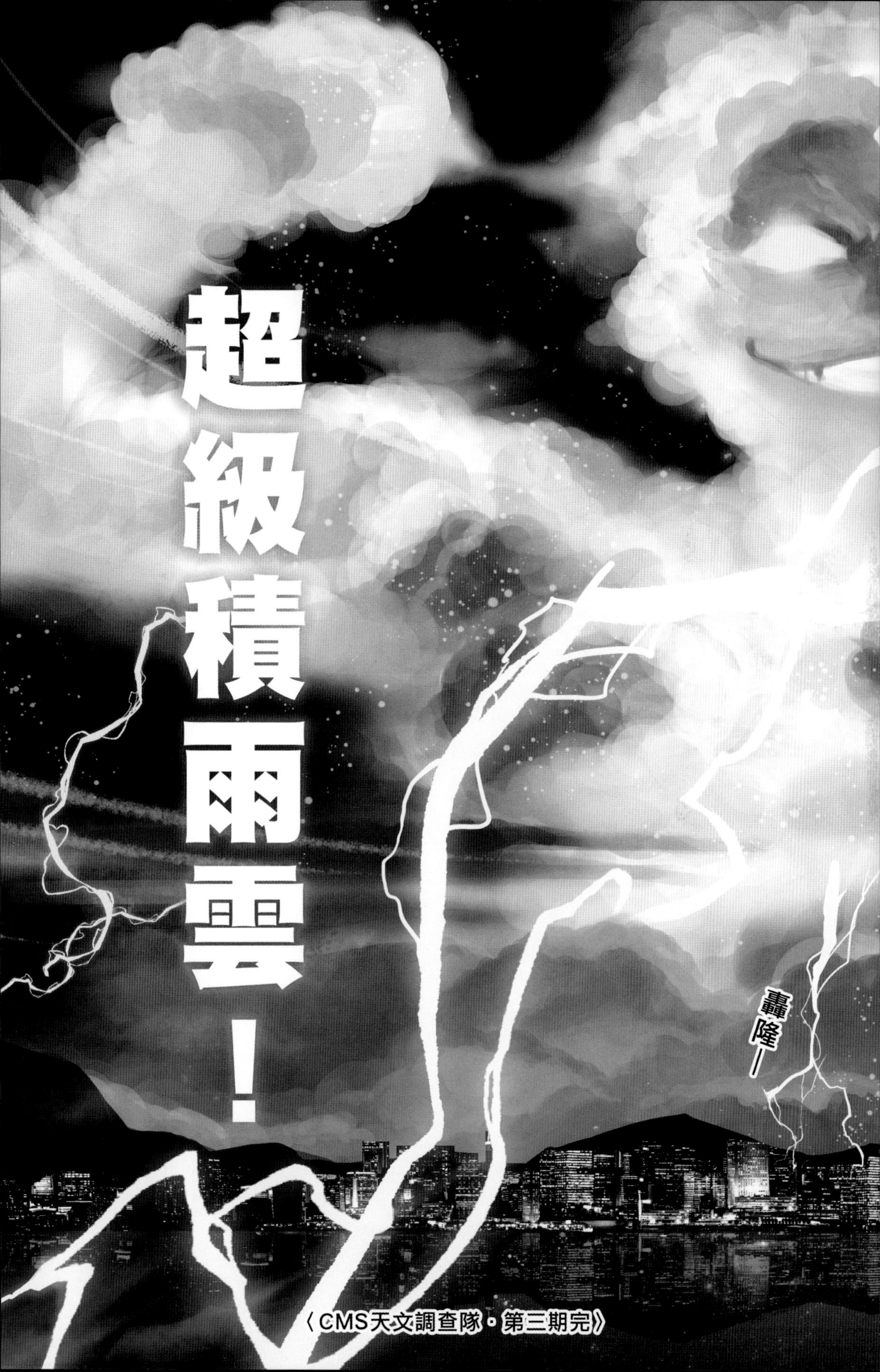
超級積雨雲！
轟隆—
〈CMS天文調查隊・第三期完〉

小百科 5

笑看風雲

岑隊長不僅熱衷於天文研究，還致力於藝術創作。2024年5月末，他展出了名為《自然志》的大部頭作品，這是一部透過不斷變化的氣候在畫紙上揮灑而成的作品。

●《自然志》封面上寫著「笑看風雲」，既是岑隊長對大自然的敬意，也是對自己人生態度的體現。

融合自然與藝術

《自然志》是岑隊長為「拾維筆報」聯展而創作的作品。他的創作重點在於如何與自然連結，這也是他一直追求的理念。古代的欽天監負責觀察天文、推算曆法、授時、記錄氣象，岑隊長曾任香港天文台台長，將他「以自然為師」的人生態度融入了這部作品中。

探索與自然的連結

在構思中，岑隊長讓大自然自由揮灑，不論風雨陰晴，每天都記錄在一張傳統的揮春紅紙上。記錄從2023年2月4日（立春）開始，這是二十四節氣之首，象徵著春季和一年的開始。記錄一直持續到翌年立春，2024年2月4日，整整一年的時間，故《自然志》合共366張記錄。

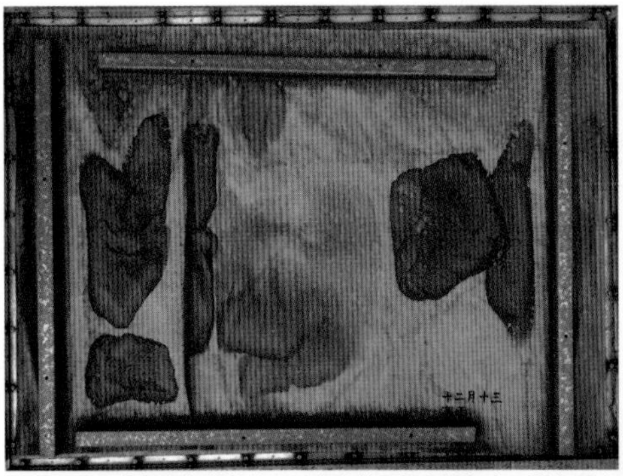

●把原張大的揮春紅紙放在可以去水的亞加力膠架上，避免雨水浸壞紙張。

●台長將畫紙位於將軍澳某單位的天台上，每日更換。

以藝術記錄時光

每張紅紙的右下角，岑隊長親手題寫了農曆日期、二十四節氣、月相和當天的天氣，這樣每張作品既是藝術創作，也是氣象記錄的結晶。這部作品不僅展示了他對自然的熱愛，更是他對生活和時間的深刻理解。

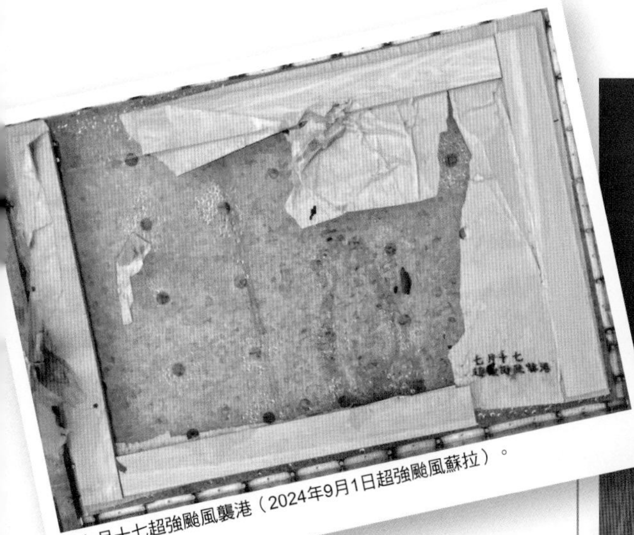

●七月十七超強颱風襲港（2024年9月1日超強颱風蘇拉）。

開始

癸卯正月立春（2023年2月4日）

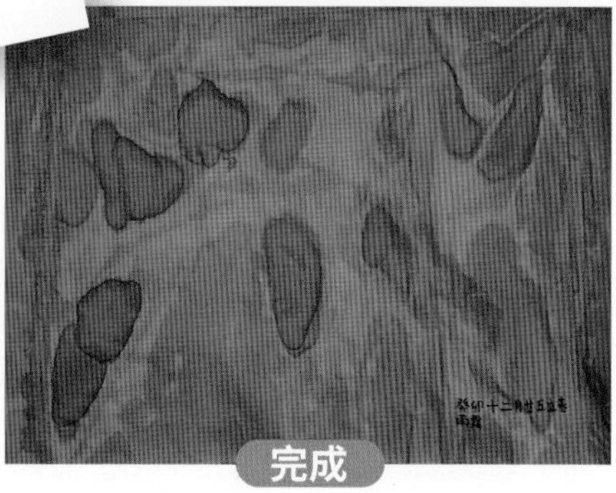

完成

癸卯十二月廿五立春（2024年2月4日）

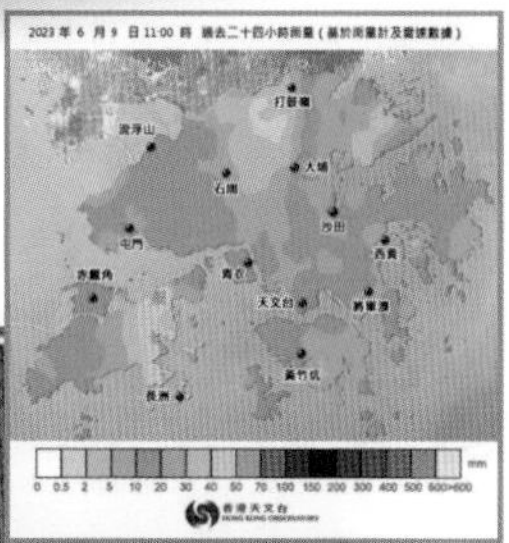

●四月廿二驟雨（2023年6月9日），對照當日的天氣。

●不可小看大自然的力量，不少紅紙都被雨水弄破，包括經歷「世紀黑雨」的紅紙幾乎被暴雨打碎，所以岑隊長需要逐張修復，需要請文物修復專家Millie Lai和Anita Chan協助修復，最後將紅紙以製作傳統綫裝書的方法裝裱成為作品。

給讀者的話：

完成《自然志》這創作，需要努力和恆心，每天與大自然互動。各位讀者不妨自行創作自己的《自然志》，除了揮春紅紙，也可以利用不同材質的紙張，看看有什麼成果。一天也可，一個星期也可，說不定不知不覺完成一年份。

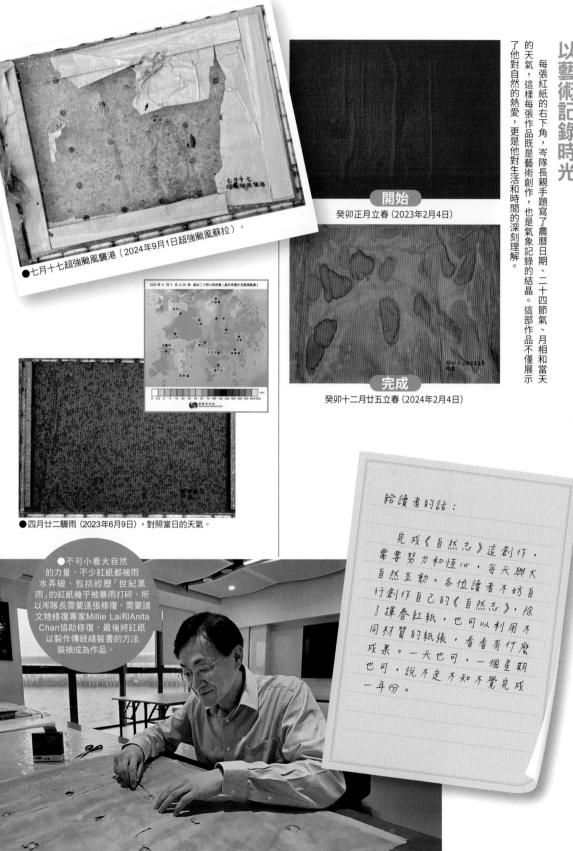

STEM Sir在大嶼

STEM Sir 鄧文瀚

為了撰寫《STEM在大嶼》一書，我特地走遍大嶼山，希望讓讀者在「邊走邊學STEM」的過程中欣賞大嶼山的自然美，並探索STEM與氣象的關聯。也許大家不知道，我的人生就是在大嶼山開始。

兒時居住蔴埔坪

我的父親是一名懲教署職員，曾在大嶼山對面的小島喜靈洲工作，因此我在嬰孩時期曾在大嶼山的蔴埔坪居住。雖然兒時的記憶模糊，但我依稀記得父親帶我去沙灘捉魚，並回家煮粥的情景。當時蔴埔坪的交通非常不便，父親曾前面抱著我，背負大雪櫃步行上山的情景，至今仍令我感到驚嘆。在幼稚園時期，我搬離了大嶼山。

中學再踏大嶼

直至中學宿營活動，我才再次踏足大嶼山。從中環乘渡海小輪往大嶼山，船程約一個多小時。一踏出梅窩碼頭，就會看見巴士站，見到市區難得一見的紅黃色單層巴士和藍色的士。從梅窩可以前往貝澳、大澳、石壁、昂坪等地，巴士路線方便通行。最難忘的是到水口觀星。水口位於石壁及塘福之間，地理位置屬於大嶼山的南面方向。

水口灣觀星

當年的大嶼山沒有受到光污染，晚上欣賞浩瀚的星空，絕非難事。那時候，我還是個懵懂的高中生，只聽朋友說可以用肉眼看到銀河，銀河附近還有射手座和天蠍座。可惜，我們沒有帶同器材和星圖，只能憑空想像。特別是聽說「在春天和夏天有機會觀賞低角度的南十字座」，當時還以為這只能在南半球看到，事隔多年才知道，這是真的。

●由於香港的緯度問題，每年僅在1月至5月間才能在南方低空看到南十字星，加上2月後霧雨連綿，使其在香港難得一見。（圖片來源：PC Market）

塘福
TONG FUK TSUEN
S Lantau Rd
SHUI HAU
水口灣沙泥灘
Shui Hau Wan
籮箕灣
Lo Kei Wan

●現在雖然北大嶼繁榮了，但南大嶼的水口灣和更南的籮箕灣仍屬於光害極少的範圍。(Google地圖)

●大東山高869公尺，位於香港第三峰，人在山上輕易欣賞無遮擋的日出日落，除非雲厚。

大東山的日出日落

因為這些美好的回憶，我立下撰寫《STEM在大嶼》的決心，遊走昂坪、大澳、東涌及梅窩四個景點。有一天，我對朋友戲言，不如到大東山看日出和日落。雖然當時已過了遊人最旺的芒草時節，但我還是穿好保暖衣服，按照Google查出日落時間和翌日的日出時間，準時欣賞。那天晚上，山頂晚風強烈，吹得營帳啪啪作響。這次旅程讓我感歎大自然之美，但上山下山累得我筋疲力盡。

●要查準確的日出時間和日落時間，大家可以利用Google查出，非常方便。

隨著香港國際機場遷至赤鱲角、港鐵東涌線開通，以及香港迪士尼樂園的建成，前往大嶼山變得更加便利。近年來，隨着港珠澳大橋的落成，大嶼山成為連接世界和內地的重要樞紐。雖然大嶼山正在快速發展，但這裡仍蘊藏著大量天然資源和歷史故事，並包含了豐富的STEM元素。

●芒草的生長，原來也很STEM，只是那次行程已過了芒草時節。

●在今期故事中，我在山坡遇到牛群，但隨著大嶼山發展，牠們已經習慣在人類居住的地方遊走。

●大澳棚屋，其建築結構和支柱如何長期浸於水而不朽，當中涉及不少STEM知識。

出版人語

鄭君任

每年暑假，都讓人特別珍惜，學生時代在香港生活，暑假就是不用上課的日子，可以懶洋洋在家，又或者去游水消暑，很是寫意。幾年前，到了英國生活，感覺完全是另一回事。只要沒有工作，而那天又是太陽天的話，都會想用盡機會往戶外走，盡可能接觸多一點陽光。初來甫到時，英國人見面的問候語，就是「趁有太陽要珍惜啊！」那時候，心想有沒有誇張？但經歷兩次英國的四季，總算明白了。

英國夏天日長夜短，最早大約五時就會日出，晚上九時以後，天才會慢慢黑起來，人們可以好好享受陽光。不過冬天就正好相反，早上要八時開始才慢慢日出，下午三時半左右，天就黑得如晚上一樣，大部分時間，人們都要開燈生活。而且英國的天氣變化好大，夏天時晴時雨，冬天更是長時間天陰、有雨，甚至有機會遇上落雪或者颱風。總之，一年氣候變化甚大，也影響著人們的日常生活。所以難怪，英國人都十分珍惜夏天有陽光的日子。

英國四面環海，加上位於較高的緯度，令其天氣跟歐洲大陸很不一樣，就如執筆之時是七月初，歐洲意大利的氣溫已升至三十多度，但英國氣溫則只有十至二十度。而且獨特的地理條件也造就了英國普遍地區的風都相當大，除了可以讓當地發展風力發電取代石化能源，實現零排放可再生能源外。英國有好多大自然的地理現象，也因為因為風和雨，造就出令人驚嘆的大自然奇蹟。

開車到英國最南的渡假市城布萊頓（Brighton），沿海向南遠眺，天氣好時，就會見到一個規模相當大的海上風力發電場，數以百支大型風車插在海上，讓人知道這裡風勢相當大。而只要開車往東走，大約三十分鐘車程，就會去到《七姊妹斷崖 Seven Sister Cliff》，那是一連七座白堊斷崖（White Cliffs），宛如七位女孩一起穿著白衣，並著肩站在一起而得名。

七姊妹斷崖被稱為「世界的盡頭」，原因是數公里長的斷崖，全部都是呈九十度，垂直的向海消失。原因就是這裡的風當相大，海風加上雨和潮汐沖刷，導致斷崖變得脆弱，而且每年平均會向後縮減幾十厘米！或許今日我們站在這裡拍照的位置，幾十年後再來訪，就已經被消失了。

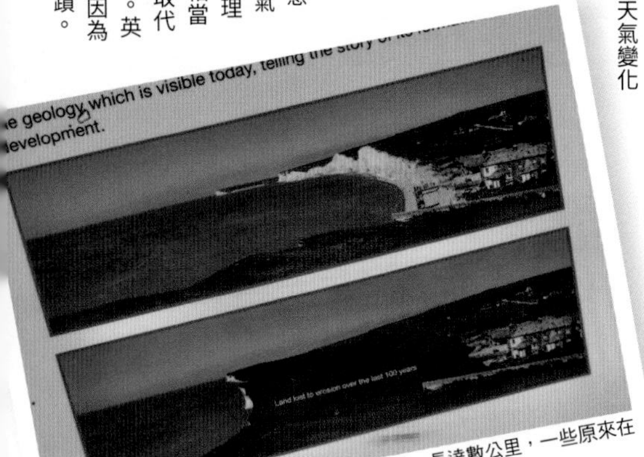

●過去100年「七姊妹斷崖」就大幅度向後移，長達數公里，一些原來在山上的小屋，現在都變成在懸崖邊緣。

從斷崖到風力發電，可見人類想對抗大自然，實在極之困難。只能學懂欣賞和好好與大自然共處。今期《CMS天文調查隊》第三期，主要講的就是風與雲，大雨來襲不單只讓人們出門時感到不便，嚴重的會破壞家園，甚至有人會因此失去生命。這雖然是不可抗命的大自然現象，但是從生活學習減少碳排放，減少垃圾產生，這不單純是口號，而是你和我都可以做的事。希望本故事除了給小朋友們學懂更多小常識之餘，也可以對生活多一點啟發。

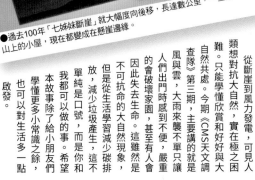

智慧老人後記

NOVELLAND創立人 張志偉

今年四月，我攜帶著《CMS天文調查隊》這部作品前往意大利波洛尼亞參加書展。這是我首次造訪歐洲，對當地一切都感到新奇而陌生。最令我難忘的是太陽在晚上八點才慢慢下山。

因為火車晚點，我在佛羅倫斯站的月台上欣賞著那個在香港早已沉落的夕陽。那天的夕陽看似平凡，不像鹹蛋黃那般濃烈，但對於時差尚未適應的我來說，它卻帶著一絲難以言喻的陌生感。明明夕陽陪伴了我超過半個世紀，為何在不同的地方欣賞時，它總是呈現微妙的變化呢？或許，這就是「獨在異鄉為異客」的情感所致。

在波洛尼亞書展中，許多外國人好奇詢問CMS是什麼？我用簡單的方式解釋，這是一個非常有意義的名字。在你一言我一語的外語交談中，對方漸漸被吸引進入了第一期和第二期的故事中……原來香港這個小城市竟然擁有歐洲風格的子午線石柱，而中華文化中的「天狗食日」傳說實際上是在描述日蝕……大家都對《CMS天文調查隊》的趣味和人情味感到讚賞。

雖然只有我和Lawrence參展，但岑隊長、STEM Sir、步葵和娜歌妮的合作心血，讓大家留下深刻印象，並且我們也在洽談海外版權。期待有一天，《CMS天文調查隊》能夠在海外推出不同語言版本，讓更多讀者認識CMS這個特別的名字。

● 在波洛尼亞的聖伯多祿主教座堂，子午線出現在地板上，真奇妙！

娜歌妮　後記

大家好！我是負責劇本分鏡的娜歌妮。

《CMS天文調查隊》第三期的舞台又回到香港了！

這兩個月斷斷續續地下了很多雨呢，正好我們今期的主題就是風、雲和雨，畫起來特別有臨場感！我是挺喜歡下雨天的，不過太多雨水就不好了。

當初負責劇本的智慧老人跟我簡介今期大綱時，我是有點擔心的：這次的故事背景和知識範疇太專業了，讀者真的會看得懂嗎？幸好，經過他精彩的剪裁和鋪陳，加上真實的事件描寫，由岑隊長的經歷、618 雨災以及去年九月的大暴雨。我相信大家都應該可以輕鬆理解，甚至反思當下我們將要面對的處境。

「不忘初心，方得始終。」知識是一代代傳承下來的！畫完這期，我印象最深刻的是第二回的少年岑隊長和第四回的 STEM sir 女兒那種對大自然的好奇和關注。經過了幾十年，科技進步，日常使用的工具也不同了，我們依然對大自然探索孜孜不倦。

的確，過去人們因為文明發展對大自然施加了不少傷害，但只要我們及時醒悟同心協力彌補錯誤，說不定還是可以逆轉的！

最後，本書能順利出版，一定要感謝岑智明先生獻給我們這段有趣的故事、STEM sir 的監修、步葵的精心繪畫、Cancake 的友情支援！以及各位讀者的喜愛和支持！

我們下期再見！

寫於　2024年6月

P.S. 嘻嘻，到底第三回小倚雲見到的真的是UFO嗎？

步葵　後記

大家好！我是負責繪畫的步葵！

《CMS天文調查隊》第三期順利出版啦！

今次的主題是風和雲，大家都一定曾抬頭望過天空的雲、感受過風的吹拂，但大家對它們又有多了解呢？什麼是積雨雲？什麼是莢狀雲？下擊暴流又是什麼呢？大家看完本書應該能了解更多！

書中提及的五百年一遇的大雨，相信無論是大讀者還是小讀者都會記得。2003年9月颱風「海葵」帶來的暴雨令到香港多區出現水浸，水湧進商場、地鐵站的畫面全都歷歷在目。隨着氣候變化，類似的情況可能會再次出現，我們應好好想一想自己能做到的事，為保護環境出一分力！

説回故事，今期倚雲和小星不停扮成其他身份，一時是同學，一時是天文台同事，一時又變成古代人，大家有留意到嗎？最後在第四回他們才變回原本的倚雲和小星，希望大家不會太混亂啦（笑）

最後感謝團隊的努力，令本書得以順利完成！感謝岑智明先生把他的經歷交給我們改編，負責監修的STEM Sir，改編故事的智慧老人，一起趕稿的好拍檔娜歌妮和最強支援Cancake。當然還有各位讀者的支持！

大家下期見！一起繼續為天氣應援！

2024年6月

主筆
楓風
×
繪畫
魯賓尼

總監修 **STEM Sir**

×

原作 **智慧老人**

進入 ω (Omega) 世代！展開STEM新冒險！

四位STEM特攻少年少女進入建築業零碳天地，探查再生能源系統危機之謎。過程中，他們意外遇上一位格格不入的少年A！

STEM A+特攻

CMS 天文調查隊

3 風與雲的警號

總監修 Chief Supervisor • STEM Sir
故事 Story • 岑智明 Chi Ming Shun、張志偉 David Cheung
漫畫編繪 Artist • 步葵 Alice Ma
劇本分鏡 • 娜歌妮 Nekori Tam
天空演出 • Can Cake

CMSmanga

出品人 Publisher / 鄭君任 Lawrence Cheng
出版 Publish by / PLUG MEDIA SERVICES LIMITED
地址 Address / 香港九龍灣宏開道19號健力工業大廈3樓8室
Flat 8, 3/F, Kenning Industrial Building,
19 Wang Hoi Road, Kowloon Bay, Hong Kong
電話 Phone / +852 6818 3010
電郵 Email / Editor@PlugMedia.hk

創作 Created by / NOLELLAND LIMITED
電郵 Email / mynovelland@gmail.com

印刷 / 新世紀印刷實業有限公司
香港區總經銷 / 泛華發行代理有限公司

初版 1st Printing / 2024年8月
定價 SRP / HK$88
ISBN / 978-988-76460-3-7

Published in Hong Kong SAR

本書如有缺頁、破損或裝訂錯誤，請寄回本公司更換。